KB153163

감시와 처벌의 나날

실천시선 242

감시와 처벌의 나날

2016년 5월 16일 1판 1쇄 펴냄
2016년 6월 28일 1판 2쇄 펴냄

지은이 이승하
펴낸이 이영진
주간 김일영
편집 김현, 최지인
디자인 이지윤
관리 박혜영
펴낸곳 (주)실천문학
등록 10-1221호(1995.10.26)
주소 서울특별시 성북구 보문로 82-3, 801호(보문동 4가, 통광빌딩)
전화 322-2161~5
팩스 322-2166
홈페이지 www.silcheon.com

ISBN 978-89-392-2242-7 03810

이 도서의 국립중앙도서관 출판시도서목록(CIP)은 e-CIP홈페이지(http://www.nl.go.kr/ecip)와
국가자료공동목록시스템(http://www.nl.go.kr/kolisnet)에서 이용하실 수 있습니다.
(CIP제어번호:CIP2016010983)

실천시선 242

감시와 처벌의 나날

이승하

실천문학사

차례

제1부

제2부

제 1 부

출소

죽기 전에 유언처럼 말했다

내가 죽인 사람이 저승에서 기다릴까요
만나면 무슨 말로 용서를 빌어야 할까요

조각상 같은 표정이 되기까지
악몽과 구토의 나날
죽을 수 있어서 다행입니다

죄에 갇혔던 혼이 빠져 나가니
얼굴이 해맑아지는구나

연고자 한 명 없이 행해지는 입관식
몸 깨끗이 닦고 수의(壽衣)를 입혔다

40년 동안 입어온 수의(囚衣)
비로소 다른 옷으로 갈아입었다

벽

벽 저쪽에 있는 자들의 울음을
벽 이쪽에 있는 우리는
들을 수 없다

형을 사는 자와 형기를 마친 자가
대치하고 있는 이 이승이 몹시 비좁다

오늘도 혹한기의 먼 길을 행군했다
길 끝은 언제나 벽이었다 차단기 너머
오늘도 너희 두꺼운 벽 저쪽에서 웅크린 채 잠들어 있느냐
동료와 말다툼을 벌이고 있느냐 닭싸움을 하고 있느냐
정해진 시간에 우리는 기상나팔소리를 듣고 점호하고
사격훈련한다
정해진 시간에 너희는 밥 먹고 일하고 잠자겠지
간혹, 울고 싶을 때는 없었는지?

나 벽 이쪽에서

수십 번도 더 탈영을 꿈꾸었다
벽 안쪽에서 너
탈옥을 꿈꾼 적 없었느냐
살아보니 지난날은 대부분 형기였다
둘러보니 내가 늘 높다란 벽이었다

벽 바깥은 결국 벽 안쪽
이 벽을 허물지 않으리
아니!
한 번은 내가 부수리 무너뜨리리
그날엔 틀림없이 너나 나나 벽을 치며 통곡하리
벽이 사라진 이 세상에서

헤어스타일

담벼락 위에는 철망
절망이 얼마나 깊었기에
이곳에 와 있는 것일까

수번(囚番)으로 불리는 이들
저 푸른 가을 하늘을 닮은
같은 색깔의 옷

죄목도 형량도 다르지만
헤어스타일이 똑같다
머리카락 빗을 일이 없겠다

집

출소해도 갈 곳이 없다고 한다
기다리고 있는 가족도 친구도 없다고 한다
아주 큰집인 여기

철커덩

철문 닫히는 소리
일곱 개가 닫혀야
방에 갈 수 있다 나올 수 있다
내 집, 나의 방

벽 앞에서

단두대 위에 올라서니
오히려 봄바람이 감도는구나.
몸은 있으나 나라가 없으니
어찌 감회가 없으리오.

—강우규*의 「사세시(辭世詩)」 전문

갇혀 있는 자의 절규는
바깥세상으로 나가지 못한다
아파서 신음해본들 들어주는 것은 오로지
벽

벽을 만지고
벽에 기댄다
벽을 두드려보고
벽 쪽으로 발 뻗는다
저 벽 안쪽에서 사람들 비명이 터져나온다

고막을 찢을 듯이

난 모른다고 단말마의 비명을 지르더니
정적이 흐른다
죄 많은 자의 무덤에
꽃이 다투어 피어나리
죄 없는 자의 무덤에
함박눈이 내려 감싸안으리

구름이 흘러가다 굽어보는, 곳
벽마다 새겨진 낙서가
수십 년의 신음을 감춘다
벽과 벽 사이에 갇혀 사람은 짐승이 된다

* 강우규(1855~1920) : 일본 총독 사이토 마코토(齋藤實)에게 수류탄을 던진 독립운동가. 1920년 11월 29일 서대문형무소에서 처형당했다.

아우슈비츠 행 열차

닭들이 철망 밖으로 고개를 내밀고
세상 궁금하다는 듯 두리번거리고 있다
층층이 실려 있는 수많은 닭
죽으러 가는 중인지도 모른 채
하늘 올려다보는 닭 땅 내려다보는 닭
옆 차선 내 얼굴도 보고
도리도리 까닥까닥 고갯짓이 재미있다

계획되었으니 태어나기 마련인가
태어났으니 처리되기 마련인가
AI가 확산되고 있다
성욕 식욕 수면욕 다 빼앗기고 억지로 살 찌우다
떼죽음 당하려 닭장차에 실려가는데

뭐가 그리 궁금한지
다들 고개를 쭉 내밀고
꼬끼오 꼬꼬댁 무슨 말들을 한다

닭장차 같은 아우슈비츠 행 열차

열차에 실려서 간 수용소의 긴 벽

사람들이 침상 밖으로 고개 내밀고 있었다

내가 세운 아우슈비츠

수용소가 세워지리라 운명 교향곡보다 웅장한 수용소가
그대 기도하는 시간에 설교 듣는 시간에
저 허허들판에, 저 가파른 절벽 위에
그대 멀리 성지순례 여행 떠난 그 시간에

벽이 올라가리라 벽 위에는 철조망
철조망에 전기 흐르고 벽이 피 철철 흘리리라
또 하나의 핵무기가 제조될 때
그대 아버지는 구속되고…… 어머니는?
알 수 없는 일…… 양귀비 같으신 어머니
양귀비 같은 열매 맺고 죽음만큼 깊은 잠에 빠져들리라

내가 잠에서 깨어나 창 열고 새들의 지저귐을 들을 때
그때까지도 잠 못 이루던 그대
머리에 총구 겨누고 방아쇠 당기고
새들이 살의 품고 날아오르리라
먹이를 자기 새끼 입에다 넣어주기 위하여

순례자여 예수의 이름을 빙자하지 말기를
알라의 이름으로 맹세를 하지도, 부처의 이름으로 자비를 베풀지도 말기를
내가 세운 아우슈비츠에 오늘도 들어와 방을 채우는
이민족이여 이방인이여 아직 한참 더 살 수 있는 그대들
묵시의 강을 건너 닿을 저 강기슭이
피안이라고 생각하는가 해방의 땅, 젖과 꿀이 흐르는
거기는 유토피아인가 생지옥인가

오랜 옥살이 끝내고 출옥한 이가
자살폭탄테러로 제 몸 산산이 부술 때
도시 외곽에서는 들판의 나무 죄다 베어지고
내가 설계한 또 하나의 아우슈비츠
수용소가 웅장한 모습으로 완공되리라

울부짖다 1

119구급대 차 속에서 들었다
그대 울부짖는 소리를
울부짖는 것밖에 할 수 없어서
그대 다만 목이 터져라

재판정에서 사형이 선고되자
머리 움켜쥐고 그대 울부짖는다
죽지 않음 평생 갇혀 지내야 하는구나
그 생각이 그대를 미치게 해

서서히 눈 감더니 고개 외로 돌리며
그대 자식이 숨 거둔다
그대 허물어지며 울부짖는다
자식새끼의 이름 부르며

인간의 울부짖음이 천지를 떨게 한다
그래서 천둥 번개가 치고

태풍이 불고 나무가 뽑히고
어딘가에서 또 지진이 일어나고

방아쇠를 당기며 달려가는 그대
죽은 전우의 이름 대신에
배신한 애인의 이름 대신에
으아아아아아아아아아아아
다만 울부짖는다

울부짖다 2

잡아먹히고 있는 짐승처럼 그대 지금
울부짖고 있다
엄청난 통증을 어떻게 할 수 없어
죽여달라고 그대 지금 울부짖고 있다
온몸에 박힌 파편
떨어져나간 팔

위생병이 모르핀을 놓자
그대 희미하게 웃으며 눈 감는다
잠드는 것인가 목숨을 놓는 것인가
그대 어머니는 지금 기도하고 있겠지
무사히 돌아와 달라고 전쟁이 빨리 끝나라고
그대 애인의 자궁에서는 2세가 자라고 있고

세상의 모든 전장에 나가 있는
자식들이여
바다는 통증 때문에 머리를 산발하고

방파제에 부딪치며 울부짖는다
별의 무게를 감당할 수 없는 저 밤하늘에서는
별똥별이 줄 끊어진 묵주처럼 떨어져내리고

없다

—안양교도소에 와서

증거가 없다
아무 죄가 없어도
유죄가 된다 형을 살게 된다

혐의가 없다
그렇게 많은 죄를 지었는데도
죄를 물을 수 없다 승소한다

높다란 담벼락 위의 철조망
안에 있으면 다 죄인인가
밖에 있으면 죄인 아닌가

여기 ○○○동 ○○○혼데요
전화만 하면 배달되는 짜장면
물만 끓이면 요리되는 라면

뒷동산 숲길을 걸어보았으면

배 타고 여행을 해보았으면
살아생전 그 소원 들어줄 이

없다
여기에도 하늘이 있다
사형수 무기수도 살고 있다

먹고 싶은 것들

빛이란 빛은 모두 쇠창살 사이로 들어오는 이곳
그대, 이름을 잃어버렸다

아무도
두 팔 두 다리 뻗고 잘 수 없다
웅크린 채 삼삼오오
비명에 가까운 잠꼬대 소리

사람을 죽인 자가
꿈에서 죽은 사람을 만나는 시간
새벽의 희미한 빛 속에서
식은땀을 흘리면서 이빨을 갈면서

살려달라고 애걸복걸하기도 하고
내가 죽을죄를 지었냐고 따져 묻기도 하고
그 칼로 한 번! 두 번! 세 번!
얼마나 아팠겠냐고 울면서 하소연하기도 하는……

상복을 입혀다오 장례를 치러다오

언제나 같은 기상 시간
그 밥에 그 반찬
그대 소원은 별게 아니라고
계란 푼 농심 신라면 한 그릇 혹은 컵라면
완두콩이 십여 알 들어간 짜장면 한 그릇 혹은 짬뽕

하지만 그 어느 것도
30년 동안은 먹을 수 없으리
20년 동안은 먹을 수 없으리
10년 동안은 먹을 수 없으리
영원히 먹을 수 없으리 죽는 그날까지도

토막 난 하늘
그대, 수번으로만 불린다 먹고 싶은 것 못 먹으면서

단체행동을 해야 합니다

철커덩! 여기엔 이동의 자유가 없다
거주 이전의 자유
집회 결사의 자유
늦잠 잘 수 있는 자유
짜장면 시켜먹을 수 있는 자유
팥빙수, 아이스크림, 소주 한잔…… 절대로 맛볼 수 없는
것들

멀쩡한 두 다리로 혼자 거닐면 징벌을 받는다
"독보가 금지되어 있는 것을 모르는가?"
사방에 철창과 철문, 담장 위에는 가시철망
망루에는 조명탑, 곳곳에 CCTV
자유는 무덤으로 갔고, 시간은 박제되어 있다

죄를 지었으니 벌을 받아야 한다면
저 담벼락 바깥에 있는 사람들 모두
여기 들어와 있어야 하리

안이나 밖이나 감금과 감시의 나날
예나 지금이나 무전유죄의 나날

그대들이나 우리들이나 또 다른 어떤 날에는
형리와 죄수의 관계가 될 수도 있겠지만
지금 우리는 무화과나무의 잎사귀
똑같은 색깔의 옷
파르라니 깎은 똑같은 헤어스타일

"자, 모두 운동장으로 나가 운동을 한다!"
하나 둘 하나 둘 구호 외치며
수백 명이 함께 체조를 하는데
날개 접은 새들, 나뭇가지에 앉아 구경하고 있다
저 새들은 혼자서, 때로는 같이 날아다닐 수 있는데

감금과 감시

존재가 존재를 감금한다
존재는 존재를 변호 못 한다

분식집에서 라면 한 그릇을 먹고
음식값을 다 내지 못했다는 죄
하느님이 벌을 내릴까 말까 고민하던 사이
식당주인의 신고로 죄인이 된다

꾀죄죄한 행색, 알아들을 수 없는 말로 횡설수설
이국에서 온 여인이 한 말이
자국인에게 전해지지 않는 것이 죄가 될 수 있는 세상
구릉이 많은 나라에서 온 찬드라 구룽

당신 미친 거야, 정신병원에 있어야 해
미치지 않은 사람도 미칠 노릇인
6년 4개월의 세월, 강제투약을 당하며
미치광이 취급을 받았다

그녀의 고향은 가장 높은 산 에베레스트가 있는
가장 높은 하늘을 지닌 나라 네팔
사지 멀쩡한데, 하늘 우러러보며 살았을 뿐인데
존재가 존재를 감시한다

우리가 잡아 가둔 2310일
무시하고 무시당한 무시무시한 세월

벙어리들

그대 아픈 마음을 달래주는 자는
말을 할 줄 알기에
아픔의 색깔이 그대와는 다를 것이다
그대 이제는 쓸쓸함까지도
꽃과의 대화를 통해
바람과의 수화를 통해
달랠 수밖에 없으리

말하지 못하는 자들은 항의하지도 못하는가
포로들, 인질들, 그리고 사형수들
갇혀 있는 자들의 침묵이 어떻게 하여
세상 사람들을 벙어리로 만들고 있을까
백년 전의 하늘도 저 색깔이었을 테지
그대 짐지고 있는 하늘의 색깔은
오늘도 다르지 않다
아침이면 눈 부릅뜨는 해
밤이면 별을 맞이하는 야생화

쇠창살 저 바깥
침묵하는 달을 향해
내뻗는 손들이 있다
입 벌린 아, 벙어리들

탈옥수의 하루

심장 박동 소리가 들리는가
지금, 세상의 모든 소리가 그대를 뒤쫓고 있다
경찰들이 거리에 투석처럼 깔려 있다
그대 한 사람을 잡기 위해

경찰들이 거리에 좍 깔려 그물을 편다
검문하겠습니다 차량을 세우고
신분증 좀 봅시다 행인을 가로막는다
점심도 거리에서 때우고 저녁도 거리에서 해결한다

미꾸라지처럼 날쌔게 달아난 그대
어디까지 갈 것인가 언제까지 달아날 것인가
숨어 있는 곳은 안전한가 잠자면서도 헛소리
등줄기를 타고 흘러내리는 식은 땀방울
클랙슨 소리가 그대 뒷골에 방아쇠를 당긴다

돈 내고 짬뽕 한 그릇 사 먹고 싶었다고

그래 그 짬뽕 목구멍을 잘 넘어가던가
행선지 아는 버스에 올라타 요금을 내고 싶었다고
그래 목적지까지 가면서 졸기도 하고 경치 구경도 하고

하지만 세상의 모든 길은 지금, 차단되어 있다
세상의 구둣발 소리는 모두
미행하는 이의 구둣발 소리 같다고

지금, 세상의 하고많은 눈이
그대 그림자를 뒤쫓고 있다

독방의 빛

—사형수에게

빛이 벽 따라 움직이고 있지 않습니까
날은 또다시 밝아오고
창살 밖에서는 새들이 살아 있음을 알리고
빛 속에서 춤추듯 움직이는 먼지들
햇볕이 아까워 얼굴 내밀면 따뜻한 손길
아, 빛이 있었구나
그대가 기억하는, 그대를 기억하는
바깥세상의 저는 빛도 공기도 모른 채 살고 있습니다

말이 하고 싶으신가요
말하지 않고 지낸 지 며칠째인가요
사랑했던 사람 마음으로 불러내어 말 걸면
그이의 눈빛, 음성, 체취, 표정
하나하나 떠오르지 않던가요
벽 속에 갇혀 있는 그대 수인이여 사형수여
아는 이름을 부르고 또 부른다고요
아는 노래를 부르고 또 부른다고요

시간은 굼벵이처럼 기어가다가

나무늘보처럼 매달려 움직일 줄 모르지요

소원은 혼자서 숲을 십 분이라도 걸어보는 것

식당에 가서 밥을 주문해서 먹어보는 것

수번이 아니라 이름으로 불리는 것

그러나 그대는 지금 벽 속의 외톨이

밤이나 낮이나 어제나 오늘이나

같은 공간에서 노는 햇살의 친구, 시간의 하수인

1997년 12월 30일

그들은 그의 머리에 큰 헝겊주머니를 씌웠다 그들은 흰 휘장을 열고 그를 작은 방 마루에 앉혔다 천정에 달려 내려온 올가미를 그의 목에다 조심해서 걸었다 휘장을 닫았다 저편 벽 밖에서 누가 동그랗게 생긴 것을 눌렀다 마루가 덜커덕, 아래로 젖혀졌다 그는 툭 떨어져 공중에 매달렸다 그들은 밖으로 나와 담배를 피워 물었다 10분이 지나 흰 가운을 입은 이가 청진기를 들고 작은 방으로 들어갔다

그날 23명이 죽었다

인간의 법이 생명을 추수하고 있다
들판의 풀처럼 자신의 의지에 의해 태어나지 않은
이 세상 모든 목마른 목숨들

한 순간 인간이 미쳐
피비린내를 맡는 수도 있는 것이다
파리한 파리…… 파리 목숨

사형을 선고한다

오래오래 인간의 목숨을 빼앗고 싶어

완전범죄에 골몰하는 우리 밖의 우리

1997년 12월 30일의 빛

그는 빛을 보았다 빛은 사랑의 다른 이름이다 그는 창살로 조심스레 들어오는 새벽빛을, 어두컴컴한 감방을 한순간에 밝히는 형광등 불빛을 '사랑스럽다'고 말하거나 그렇게 느낄 것이다

그는 숟갈을 들면서 손을 떤다 밥을 국에 말아 먹지 않던 그가 국에 말아 먹는다 국에 만 그 밥도 대충 씹어 삼키더니 두어 차례 부르르 떤다

식사 전에 감사의 기도를 생애 처음 한 날

'마지막' 식사임을 알고 있는 거다 식사 마친 후 숟가락을 내려놓고 눈을 감는다

살인했기에 사형당하는 것이 당연한 일이라면 아주 많은 사람이 죽어야 하리 그는 지금 기다리고 있다 사형이 선고된 그날부터 지금까지 기다려왔다 기적을, 신의 자비를

그는 지금 셈하고 있으리 목숨이 끊기는 그 순간까지의 시간을

오늘은 여느 날과 다르다 공기가, 아침 밥맛이, 교무계장과 종교담당 교도관의 눈빛이 다르다 두 사람은 그의 손을 힘주어 잡는다 그가 죄악의 값을 다 치르지 못했는데 교도관들 일제히 버튼을 누르는 순간*

철커덩!

교수대 바닥이 꺼지고 몸이 대롱대롱 허공에 매달리면

칼로 찔러 죽인 그녀의 원혼도 이제는 편히 잠들게 될까 아, 그녀의 얼굴이 안개에 휘감겨 있다 칼이 살 속으로 꽂혀 들어가던 그 순간의 촉감을 그는 잊었을까 아직도 생생히 기억할까

밧줄에 대롱대롱 매달리는 순간 그는 얼마나 아플까 매달려 있는 시간은 얼마나 될까 손을 목에 대어본다 목을 타고 넘어갔을 어머니의 젖이여

살려달라고 울부짖는 악몽을 매일 꿀지라도, 일엽편주

위에서 홀로 망망대해를 떠돌지라도

오늘 처형되지 않는다면 그렇게라도 살-고-싶-다

빛이 있는 이 세상에서 아, 빛을 보면서

* 사형 집행시 버튼을 여러 개 만들어 누가 실제 집행인인지 모르게 한다. 우리나라에서는 1997년 12월 30일 이후 지금까지 사형을 집행하지 않고 있다.

밤의 기도

—사형수를 위하여

그대 몰래 뜬 낮달처럼
낭떠러지에 진종일 매달려 있었다고
때가 되면 밤 오니 다행이지만
등댓불은 안 보이고……
표류하는 배처럼…… 혹은
난파 직전의, 혹은
침몰 직전의,

시를 쓰는 마음으로 잠자기 전에 기도한다고
희망의 기도…… 아니, 원망의 기도를
갈망의 기도…… 아니, 절망의 기도를
그대 기도를 몰래 듣는 이는
사람의 아들인가 신의 아들인가
망령이면 살인자를 마음껏 비웃어주고
감방 동료면 애도하는 마음을 가져다오

그래, 시를 쓰는 마음으로 나 또한 기도하리

고개 들면 아랫도리에
수건 한 장 두른 이가 내려다보고 있어
오금이 저리다 몸서리가 쳐진다
알몸으로 사람들 앞에 섰던 몇 번의 기억……
지금도 수치스러워 돌아버릴 것 같은데
하물며
그대의 죄목은? 그대의 형기는?
그대의 생일은? 그대의 결혼기념일은?

자정 무렵까지 기도하다 잠이 든 어느 밤에
나 그대 꿈에서 만나기도 했었다
면회 간 횟수보다 많은……
목이 달랑 매달리거나
전기의자 위에서 숨을 거두는……
아깝거나 아깝지 않거나
다 똑같은 목숨이 이 가을에
먼 감옥의 벽 안쪽에서도

단단히 여물고 있으리

인간의 얼굴

—사형수 유영철에게

어느 누군들 시한부 목숨이 아니리
고고의 울음을 터뜨린 그 순간부터 시작되는 카운트다운
신이 눈을 깜박하는 동안 죽음을 목전에 두게 되는
우리는 모두 유한자

잘 주무셨는가? 그대의 하루 일과가 궁금하다
초등학교 때 '수'를 몇 개 받았는지 모르겠지만
지금은 사형수, 목숨이 째깍째깍 연장되고 있다

아버지의 죽음을 부인하고 싶었다고?
중1 때 교통사고로 식물인간 되어
병원에 40일간 누워 있다 돌아가신 아버지는
중고등학교 생활기록부, 전과기록, 경찰조사서에
'행방불명'이라고 되어 있었다

어머니의 고통을 부정하고 싶었다고?
일찌감치 이혼하여 네 자식 혼자 키우는데

장남은 행방불명
차남은 간질 앓다가 자살
삼남은 텔레비전에 매일 나오는 연쇄살인범
늘 배고픈 막내 미옥이

“처음 징역 살고 나왔을 때
사내 녀석이 실수를 할 수도 있다, 괜찮다고 하셨죠.
이 세상에 나한테 야단치는 사람이 한 명도 없었어요.
어머니는 내가 무슨 짓을 하든지 내버려뒀어요.”

인간의 얼굴을 하고서 너는
거기에서까지 어머니를 원망하는구나
이 세상에서 가장 불쌍한 여인을 위해
기도한 적이 있는가 진심으로 연민하는 마음으로

사람이 어떻게 사람을?
사람은 얼마든지 사람을

—사형수 강호순에게

그대 무슨 생각을 하며 하루를 보낼지, 궁금하다
동료죄수들과의 관계가 어떤지, 궁금하다
그대 손으로 죽인 사람들 생각이 나지 않는지, 궁금하다
인류의 역사가 시작된 이래
사람은 사람을 죽여 왔다

『삼국지』의 '적벽대전'편을 보라
조조의 백만대군이 불에 타서 죽고 물에 빠져 죽고
화살에 맞아 죽고 창에 찔려 죽는다
적벽대전은『삼국지』의 수많은 전투 중 하나
사람은 사람을 죽여 왔지만

힘없는 부녀자 일곱 명을 그대는 왜?
별다른 원한관계가 없는 사람을 왜?
평소에 주변 사람들에게 그렇게 친절했다면서 왜?
인류의 역사가 시작된 이래
사람은 사람을 살려 왔다 깊이 병든 사람일지라도

병든 혼들이 떠돌아다니고 있는 이 사바세계에서
그대와 나 얼마나 많은 악업을 쌓고 있는가
악덕을 쌓고 악연으로 만나고
돈에 대한 욕심이 살인을 일삼게 했는가*
죄의식 없이 죄를 범하는 우리는 지금 감옥 밖에서……

* 강호순은 7억 원이 넘는 돈을 화재보험금 등 보험금으로 받았고, 확인된 재산은 은행예금 2억8천만 원과 빌라 전세금 2천만 원, 상가 점포 2억여 원 등 모두 5억여 원이다. 연쇄살인의 마지막 희생자인 군포 여대생 A 씨(21세) 유족은 강호순의 예금 2억8천만 원에 대해 가압류 신청을 했고, 법원은 이를 받아들였다.

소년원에 가서 시화전을 보다

우락부락한 소년들이 화나 있다
같은 머리 모양 같은 색깔 같은 디자인의 옷

들어온 이후 단 한마디도 말하지 않는 소년이 있다
뒤늦게 알았다고 한다
아빠도 친아빠가 아니고 엄마도 친엄마가 아니었다

등을 휘어감은 뱀 무늬 저 문신을 어찌할 것인가
이마에 칼자국 팔뚝에 담배자국
소년들 영혼의 흉터는 또 어찌할 것인가

좁은 방 안에서 열댓 명의 소년이 뒹굴고 있다
옷깃만 스쳐도 인연이 아니라 살갗만 스쳐도 싸움이다
모두 투견장의 개들처럼 으르렁대고 있다

두어 달에 한 번은 징벌방에 가는 소년들이
울부짖고 있다 철창 너머 보이는 하늘을 향해

외치고 있다 세상을 향해 학교를 향해 부모를 향해

죽어버리라고 망해버리라고
죽고 싶다고 어차피 끝난 인생이라고
주먹에서 피가 나도록 벽을 치는 소년들

펜을 주었다
기막힌 사연들이 간절한 바람들이
가슴으로 영혼으로 눈물로 피눈물로 쓴 시

아무도 구경 오지 않는 썰렁한 시화전
작품들 강당 한 구석에 어색하게 서 있다
어디로 갈까 어디에 처박혀 있다 어떻게 버려질까

그래도 꿈이 있구나 바리스타가 되고 쉐프가 되고
그래, 사랑하고 싶었고 사랑받고 싶었구나
발걸음 뗄 수 없게 하는 소년들의 목소리

사라지지 않는 빛

—교통사고로 시력을 잃은 후배 정상현에게

영화 〈포세이돈 어드벤처〉 거의 마지막 장면에 이르러
빛을 보았지 뒤집어진 배 밑바닥 틈새를 통해
희미하게 들어오는 빛, 생명의 빛
이제 살 수 있게 되었다는 희망의 빛
빛의 세계에서 너는 사라졌다

대구교도소 0.94평 비좁은 독방에서 기도하는 사형수는
누구를 위하여, 무엇을 바라 기도하고 있을까
사라지지 않는 빛
저 빛을 좀 차단해달라고 기도하고 있지는 않은가
어둠 속으로 몸 숨기고 싶을 때에도 사라지지 않는 빛

빛 속으로 나아가고 싶지 않을 때
차라리 영원한 암흑 속으로 몸 던지고 싶을 때에도 빛은
내 양심을 깨우기 위해 비쳐든다 희미하게
때로는 눈부시게— 빛,
빛을 잃고도 살아가는 상현아!

* 교도소에서 수감자들이 있는 곳에는 24시간 보안등을 켜놓는다. 캄캄한 곳에 있으면 자살을 기도할 수도 있고 또 다른 범죄를 저지를 수도 있기 때문에.

목숨

—전주교도소의 어느 무기수에게

사형을 선고한다!

카운트다운…… 당신은 거기서 남은 날들을 살아내야 한다

밤새도록 천둥 벼락이 칠 때도
무서워하지 않는 이가 있다
세상 사람들이 죄를 물어도
부끄러워하지 않는 이가 있다
수감되어 있는 이여
세찬 바람은 자세를 낮추게 하고
따가운 햇볕은 웃옷을 벗기는 법
우리는 모두 죄인 아니면 천치*
이 이승에서 하루를 산다는 것은
하루치의 벌을 받는다는 것

사형 선고를 받지 않았더라면
어찌『죄와 벌』을 쓸 수 있었으랴

죄를 지었다면 벌 받아야 하지만
제바달다의 반역…… 하루를 살아
하루치의 죄업을 쌓은 제자
부처는 사람들 다 불러놓고 이렇게 말하였다
그대는 내가 인욕바라밀을 행하게 했다
덕택에 내가 성불했으니
그 공덕으로 제바달다도
다음 세상에서 성불하리

죄지은 이가 여기에만 있으랴
내가 거짓말할 때
부처가 대신 참회진언을 했으리
내가 증오심 품을 때
지장보살이 광명진언을 했으리
우리는 모두 첩첩 쌓인 죄업으로 연결되어 있는 존재
풀어라 풀고 가라고 이렇게 만난 것
그대가 욕보인 사람이 그대 스승일세

그대가 죽인 사람이 그대 은인일세

인연의 길은 돌고 또 도는 링반데룽 같은 것

무기로 감형한다!

무한정한…… 당신은 거기서 남은 날들을 살려내야 한다

* 서정주의 시 「자화상」에 "어떤 이는 내 눈에서 죄인을 읽고 가고/ 어떤 이는 내 입에서 천치를 읽고 가나/ 나는 아무것도 뉘우치진 않을란다"란 구절이 있다.

제2부

누이의 초상 1

사람보다 아름다운 꽃은 없나니
화병에서 나흘만 지나면 시드는 꽃들
아무리 진한 향기라도
때가 되면 다 사라지지만
누이의 눈물이 피워내는 꽃잎
누이의 미소가 살려내는 향기
세월이 흐르면 흐를수록
그 꽃잎 더 눈부시게 피어나고
그 향기 더 짙어만 가네

"선영아, 장난치지 마!"
"엄마 사진 잘 나오겠다."
너는 다람쥐처럼 쪼르르 달려오던
개구쟁이였는데
아, 느낌이 없는 세상으로
나뭇잎 되어 가버렸구나

어느 가을 이른 바람에

여기저기 떨어지는 나뭇잎처럼

같은 나뭇가지에서 나고서도

너 가는 곳을 모르겠구나*

주름살 뒤덮이고 흰머리 늘어나는

세상의 모든 누이는 애처롭다

허나, 세상의 모든 오라비에게

누이처럼 아름다운 연인은 없다

* 향가 「제망매가(祭亡妹歌)」의 일부. 원문은 아래와 같다.

於內秋察早隱風未	어느 ᄀᆞᄉᆞᆯ 이른 ᄇᆞᄅᆞ매
此矣彼矣浮良落尸葉如	이에 뎌에 ᄠᅥ딜 닙다이
一等隱枝良出古	ᄒᆞᄃᆞᆫ 가재 나고
去奴隱處毛冬乎丁	가논 곧 모ᄃᆞ온뎌

누이의 초상 2

내 사랑 내 자랑아 꿈꾸어보렴
어린 시절 우리는 세상의 주인이었다
우리를 위해 떠오르는 아침 해와 지는 저녁노을
우리를 위해 웃는 꽃들과 우는 풀벌레들
세상은 그때,
폭소 속에서도 눈물겨웠다

내 사랑 내 자랑아 생각해보렴
우리 손잡고 넘곤 했던 남산공원 길 언덕에
피어 있던 꽃들 지금은 찾아볼 수 없지만
내 기억 속에선 지금도 향기 짙은 꽃길이지
우리 깜둥이가 되어 멱감았던 감천 시냇물에
몰려다니던 피라미들 이제 볼 수 없지만
내 기억 속에선 여전히 금비늘 은비늘의 물살이지

내 사랑 내 자랑아 떠올려보렴
교복 입고 집 나서던 내 모습을

"오빠 잘 갔다 와."
며칠 헤어진다고
수학여행 길 떠나는 나를 보며 눈물 글썽이던
너의 혼은 지금 어딜 떠돌고 있는 것이냐

내 사랑 내 자랑아 돌아가보렴
어린 시절 우리는 만화가였다
재미있는 것뿐인 세상
구름을 보고 있으면 구름처럼 변하는 세상
달을 보고 있으면 달을 따라 흘러가는 세상
세상은 그때,
눈물 속에서도 아름다웠다

집

하루에 먹는 한 공기의 밥이
거식증의 누이를 숨쉬게 한다
하루에 먹는 열다섯 개의 알약이
누이를 소리 지르지 않게 한다
약 좀 그만 먹이세요
10년 넘게 먹여도 마찬가지잖아요
얼굴에 자꾸 뭐가 돋아나는 것도
그놈의 약 때문일 거예요
약을 안 먹이면 나를 마구 때리는 걸
어머니 노랗게 빛바래고 계시다
누이는 백지장처럼 하얗게 말라 있는

집

죽음에 이르지 못하는 병

누이가 앓고 있다
30년 동안 분열된 채
차도가 없는, 영혼

폐결핵이 찾아와
마침내 병원을 옮겼다

텅 빈 얼굴
눈은 우물보다 깊지만
초점이 없다

하얀 침대보에 각혈하며
새빨간 울음, 우는 누이여
이 밤이 이렇게 타오르고 있구나

안과 밖

벗이여 너는
인터넷 채팅방에서는 농담도 잘하면서
사람들 앞에서는 왜 입 벌리지 못하는가
집 화장실에서는 콧노래도 잘 부르면서
집을 나서면 왜 변비 환자가 되고 마는가
좌석버스를 타면 마음이 편하고
지하철을 타면 불안하다고?

벗이여 너는 집
안에서는 웃고 집
밖에서는 떨지
파르르 떠는 눈꺼풀 떠는 손 떠는 심장
덜덜 떨지 않으려 심호흡을 하고
술 마시고 담배 피우지만
너는 수시로 비 맞은 푸들처럼 푸르르 몸 털고
거의 언제나 우울하다
얼굴이 자주 붉어지고

근육경련이 일어나기도 한다

너는 언제나 안에 있고
세상은 전부 밖에 있다
나는 지금 어디에 있는 것일까
너의 안과 밖 그 어디에

슬픔의 실체

화장터에 가서
뼈 몇 줌으로 바뀌어 나온 자식을 강물에 뿌리는 일은
크나큰 슬픔이다
정신병원에 가서
환자복 입고 희게 웃는 누이동생을 보는 일은
기나긴 슬픔이다
내 삶의 원천이며
원동력인 슬픔이여
너에게 사로잡혀 울게 하지 마라
남의 슬픔을 이해하기 위해 고개 숙이고
몸 더욱 낮추어야 하리니

사랑은 나를 끊임없이 구속했으나
미움은 이날 이때껏 나를 키웠다
막막한 슬픔이 나를 일으켜 세우곤 했다
미움과 슬픔의 실체를 파악하기 위해
온전히 내 것으로 만들기 위해

울음으로 풀어버리지 않으리

어금니 꽉 깨물고 응시하리

기나긴 미움

크나큰 슬픔의 실체를

심해에서 발광하다

심해 1500미터
인간이 내려가지 못하는 미궁
빛이 내려가지 못하는 암흑천지에서
엄청난 압력을 견디면서
살아가는 물고기들 띄엄띄엄
움직이지 않는 듯 움직이고
죽은 듯이 살아 있고
때 되어 짝짓기하고
그곳을 무덤으로 삼는다

빛이 있으라 하니 빛이 있었다

심해의 물고기들 스스로 빛을 낸다
빛을 내어 길을 찾고 먹이를 찾고
짝을 찾고 적을 피한다
완벽하게 어두운 세상에서
엄청난 압력을 견디면서

살아간다 물고기들처럼 띄엄띄엄
외따로 떨어져 외로움을 못 견뎌
발광하는 수많은 사람들
빛을 만들며 살아가는
골병든 우리

입원과 퇴원

조금만 더 참으면 된다
중소기업체 사장이었던 김기중 씨
줄기찬 호소로 퇴원에 성공한다
한 달이 채 못 되어 다시 입원한다
독방에 한 번도 갇히지 않고
근 1년의 호소 끝에 다시 퇴원에 성공한다
가족은 각서를 쓰고 환자는 맹세를 하고
분열정동형 정신분열증 환자인 기중 씨
한 달이 채 못 되어 또다시 입원한다

입원과 퇴원을 되풀이하는 저 많은 환자들
정 떼고, 끝내는 등짝 보이는 저 많은 가족들
조금만 더 아프면 된다

이런 글이
김기중 씨의 잡기장에서 발견되었다

"이 억겁의 업보를, 자비의 부처여
다 어떻게 감당하시려고
깊은 산중 대웅전에서
그렇게 미소 짓고 계십니까."

사랑 노래

교통사고로 외동아들을 잃고
술을 자주 마셨다고
젊고 아리따운 아내의
과거와 현재를 의심하기 시작하면서
술독 깊숙이 빠졌다고

알코올 중독의 남편
아내는 면회 오지 않았고
부모는 답장 보내지 않았다
알코올 중독의 남편과 아들을 돌봐주는 병원에
정기적으로 돈을 부칠 따름

그가 시 치료 시간에 써낸 시는
제목이 없었다
다 낭독하자 의사는
'사랑 노래'라는 제목을 붙여주었다
그의 자작시 마지막 연

"다시 기회가 주어지면
한 명이라도 더 사랑하다 죽으리.
사랑은 오래 참지 않고
그때그때 바로 실천하는 것.
한 번이라도 더 위로하다 죽으리.
다시 기회가 주어지면."

불안과 악몽의 나날

이유 없이, 느닷없이 몰려오는 불안증
혼자 있으면, 말하고 있지 않으면
그대는 불안해하네
옆방 환자에게 가 횡설수설 떠벌리지만
그는 그대 말에 귀 기울이지 않네
의사도 그대 말에 귀 기울이지 않네

어두운 곳에서 그대 두려움에 떨지
스카이라운지 같은 높은 곳에서도
인적 드문 지하도에서도
사람 많은 길거리에서도
양팔에 소름 돋고
등줄기로 식은땀 흐르네
불안은 공포를 낳고
공포는 악몽으로 이어지고

느닷없이 겁에 질리게 하는

어린 시절에 들었던 귀신 이야기
좀 커서 보았던 공포영화의 장면들
부르르 오한 일으키며 몰려올 때
그대 또 안정제를 입에 털어넣는다
중독자가 때만 되면 미친 듯이 마약 찾듯이

"내 소원은
꿈 없는 잠 한번 자보는 것.
상쾌한 아침 한번 맞아보는 것.
약에 의지하지 않고 살아보는 것."

얼굴

지하철 의자 맞은편의 얼굴들이
나를 빤히 보고 있다 미치겠다
안면경련이 온다
이럴 때 누군가 나를
놀란 얼굴로 쳐다보면
그를 때려눕히고 싶다

나를 밀실 가운데에 앉혀두고
다들 빙 둘러서 있다 미치겠다
사지마비가 온다
그럴 때 누군가 나를 말끄러미 쳐다보면
돌아버릴 것 같다

그 사람이
낯선, 아리따운 여인이거나
나를 못마땅해 하는 사람이라면
더욱

"봄 여름 내내
선글라스를 낀 채
살아가고 싶다.
가을 겨울 내내
마스크를 쓴 채
살아가고 싶다."

정상인

정상과 비정상 사이에
이상(異常)이 있다
정상인과 정신병자 사이에
철창 박힌 창문이 있다

미치지 않았다고
왜 내가 여기에 있어야 하느냐고
고래고래 소리 질러보지만
뇌파 검사, 그림 맞추기, 계산력 테스트
하나같이 비정상이라 한다

방금 내가 한 말이
비정상에서 나온 것인가
방금 내가 쓴 글이
비정상에서 나온 것인가
나의 웃음과 눈물, 발언과 행동
모두 비정상임을 증명하는 것인가

아는 사람 있으면 당장
내게 와 귀띔해다오

"그가 얘기하는 도중
나는 재미있어 크게 웃었는데
그 자리의 누구도 웃지 않는 거야.
그가 하는 얘기를 듣고
사람들이 박장대소하는데
나만 심각한 얼굴로 가만히 있었던 거야."

격리된 사람들

미쳐버리면 잊을 수 있다
모든 과거지사를
수치심과 증오심을
혐오감과 환멸감을

너를 벼랑 끝으로 몰아세웠던
주변 사람들의 눈빛
그래, 타인의 눈을 똑바로 쳐다볼 수 있다면
너는 미치지 않은 것이다
그날이 오기까지 너는
약을 먹어야 한다

미쳐버리면 만날 수 없다
모든 과거의 인물들을
짝사랑과 첫사랑의 대상을
전남편과 그의 자식을

너를 하얀 벽 구석으로 몰아넣었던
주변 사람들의 구설(口舌)
그래, 타인의 말을 귀담아들을 수 있다면
너는 미치지 않은 거지
그날이 오기까지 너는
이곳에 있어야 한다
타인의 광기에 너그러운 사람은
이 세상에 없나니

"격리된 사람들에게
관심 갖는 이가
이 세상 어디엔가 있기를.
격리된 사람들을 위해
온정 베푸는 이가
이 세상 어디엔가 있기를."

흔적 지우기

흔적을 남기려 한다 그들은
길 가던 강아지가 전봇대에 흔적 남기듯이
바위며 나무며 벽을 보면
이름을 새기려 한다 그들은
이 병원에서 죽을 그들은

흔적을 남기지 않는 범죄도
있기는 있다 미궁에 빠진 범죄
끝끝내 범인을 찾지 못한 범죄
그러나 그들은 흔적을 흘리고 다닌다
발자국을 남기고 지문을 남기고
살아온 날들의 흔적을 어디에든 남긴다

지우고 있다 그들은
기억 속의 흔적들을
타인과 맺은 관계의 흔적들을
소지품도 무덤도 남기지 않는다

정신병원에서 죽은 그들은

환자 차트

남자 38세. 대졸. 기혼.
망상형 정신분열증.
차장 진급에 여러 해 실패한 이후에 생긴
피해망상 때문에
직장 동료와 낯선 사람들을 공격하는
행동장애를 보이고
횡설수설하다 강제로 입원.

아빠는 회사 일로 외국에 가셨단다.
아빠는 왜 편지도 안 하고
전화도 없는 거지?

남자 46세. 대학원 졸. 기혼.
광장공포증.
정리해고로 회사를 쫓겨난 이후에 생긴
지속적인 공황발작 때문에
사람이 많은 곳에는 가지 못하고

호흡곤란, 심계항진, 흉통, 현기증, 욕지기, 빈뇨……
두문불출하다 자진해 입원.

아빠는 먹이를 구하러 다니는 대신
새장 속에 갇히고 싶었던 것일까?

발작

B병동 휴게실 텔레비전 앞
발작만 하면 크게 웃는 환자
발작만 하면 징징 우는 환자
발작만 하면 기물 부수는 환자
발작만 하면 고래고래 소리지르는 환자
지금은 얌전히 둘러앉아
광주특위 국회 청문회
생중계를 보고 있다

하늘을 우러러 큰소리치는 이여
수십 번 스스로를 부인하는 이여
쩔쩔매며 그날의 진실을 묻는 이여
당당하게 거짓말을 하는 이여

발작만 하면 웃는 환자 킥킥거리기만 하고
발작만 하면 우는 환자 코만 풀고
발작만 하면 기물 부수는 환자 삿대질만 하고

발작만 하면 소리 지르는 환자 끝끝내 침묵한다

엘리 엘리 레마 사박타니
주여
저곳과 이곳이 정신병원이 아니라면
우리입니까 마구간입니까

침묵하는 벽 앞에서

우리는 이 추운 겨울날
옹기종기 모여 떨고 있는
살 비비며 살아갈 수 없는
반죽음들…… 아니,
이 역겨운 밤의 병동에서
시커멓게 썩어 들어가는 아픈 영혼의
욕창들…… 아니,
상어 뱃속 같은 지상에서
모여서 기도할 수 없는
죄수들…… 아니,
사형수 처형의 날*에
아무 느낌 없이 일과를 행하는
집행관들…… 아니,
파렴치범도 가정파괴범도 아닌
대한민국에는 단 한 명도 없다는
양심수들…… 아니,
우리에 갇혀 서로를 정탐하는

이 거대한 백색 병동의

감시자들…… 아니,

애인을 팔고 동료를 팔고

팔 것이 없어 몸의 일부분

장기를 내다 파는

가난뱅이들…… 아니,

잊을 수 없어, 끊을 수 없어

다시 마약을 사용하는

전(前) 대통령의 아들 같은…… 아니,

아니다…… 우리는

별들이 지켜보는 밤의 감옥에서

침묵하는 벽을

송곳으로 파고 있는……

* 우리나라의 마지막 사형 집행은 1997년 12월 30일에 이루어졌다. 이날 사형이 집행된 사형수의 수는 총 23명이다.

사이코드라마 시간

보호자들도 관람할 수 있는
한 달에 한 번 있는
사이코드라마 시간
젊은 여자 환자가 외친다

"선생님 전 너무 억울해요.
아무것도 잘못한 게 없는데
저 보고 미쳤다고들 그래요.
성폭행 당한 게 왜 제 잘못이죠?
선생님이 여자이고
만약 초등학교 때, 중학교 때,
또 고등학교 때도……"

박수 속 드라마는 끝났는데
여자 환자는 울고 있었다

울지 말아라 내 누이야

울고 있구나 누이, 벽 속에서 사는 내 누이야

누가 너의 몸을 더듬은 것이냐
아무도 가보지 않은 처녀림을 누가 벌목한 것이냐

희디흰 벽 속에서 사는 누이야
너는 바깥을 향해 울며 외친다
저 좀 살려주세요 저 좀 구해주세요
너의 외침에 귀기울이는 이 하나 없는 세상

너는 늘 숨어서, 숨죽인 채 울지만
네 작은 울음이 메아리쳐
세상이 어깨 들썩일 날이 올 거야 그만 울어
하느님이 너를 알고 계실 거야 보고 계실 거야

울고 있구나 누이, 쇠창살 안에서 사는 내 누이야

악몽

밤의 뒷골목을, 그 낯선 길을
피 흘리며 달아나고 있었네
"저놈 잡아라!" 호각 소리와
여러 명의 구둣발 소리
뛰다가 넘어지고,
절뚝거리며 뛰어든 골목은
막다른 골목, 부들부들 떨며……

밤에 나 묶여 있었네
결박당한 채
누군가를 향해
"살려줘요!" 외치고 싶었지만
아니, 외치고 있었지만
나 벙어리가 되어 있었네

사형의 순간이 다가오고 있는데
아무도 내가 무죄임을

말해주지 않고 있었네
“억울해요!” 외치고 싶었지만
아니, 외치고 있었지만
교도관은 모두 외국인이었네

몸에서 분리된 영혼이
내 시신을 보고 있었네
땀인지 피인지 온몸에 흥건한 액체
이건 꿈이다, 꿈이다 연방 외치며
깨어나기를 갈망했건만
내가 나를 부둥켜안고 울고
꿈은 도무지 깨어나지 않고

독방에서,
주사 맞고 오래 잠들었던 날

면벽

누이는 종일 면벽해 있다
누이는 20년째 침묵의 벽과 대화하고 있다
뭐 필요한 게 없니?
뭘 물어도 흰자위 가득한 눈으로 나를 쳐다보거나
허수아비처럼 고개를 맥없이 흔들 뿐

하루라도 빨리 죽으렴
죽어버리라고 목이라도 힘껏 조른다면
캑캑거리다 너는 축 늘어지겠지
비속살해(卑屬殺害)……
그 죄의 형량을 나는 안다

빨리 죽어야 한다
어서 빨리 저 하늘 어드메에 가서
한 무리의 별을 이끌고 다니는
신화가 되기를 나는 기도하리

꿈꾸는 자의 죄는
이 세상 모든 벽의 무게보다
무겁구나, 벽이……
아직 벽이지…… 그렇지 않은가?
벽 속에서 기도하는 수많은 벽들아

별유천지비인간

때 되어 밥 주면 밥을 먹고
때 되어 약 주면 약을 먹고
한없이 선량해진 누이
아무것도 갈망하지 않으니
누구도 원망하지 않으니
네가 살고 있는 이 거대한 병동은
천국인가
비인간(非人間)들의 별유천지(別有天地)인가
병동 바깥 저 비좁은 지상은
지옥인가
굶주린 야수들의 숲인가
무인도 같은 표정으로
유인원 같은 낯을 들고
아, 매일 보아도 낯선 얼굴
얼굴들, 저 가면들

"아픈 데는 없니?" 고개를 끄덕끄덕

아무렴 아프지 않겠지 아픈 데가 없어
너는 산 주검인 동시에 죽은 생령(生靈)이니
확인하러 다시 오마 누이야
지금부터 한 달 뒤가
종말의 날 이후가 아니라면

금지된 사랑

그대 지난날 무슨 일을 했는지
어디서 살았고 무엇을 꿈꾸었는지
아무것도 기억나지 않는다 한다
그대 이 세상의 아름다운 것
귀여운 것 희한한 것
우스꽝스러운 것 해괴망측한 것
하나도 모른 채 다만 숨쉬고 있으니
내 무엇을 얘기하랴 아름다운 그대에게

그대에게 내 사랑 고백하고 싶었지
이 거대한 백색 병동에서
환자가 환자에게 사랑을 고백한다는 것이
미친 노릇임을 내 잘 알고 있으나
그대 이마며 입술이며 귓불이며 목덜미
다 만져보고 싶은 것들
가슴 떨며 바라만 보았네

그대 아무와도 얘기하지 않고
아무 생각도 없이 종일토록
먼 산을 바라보거나
혼잣말을 하고 있거나
복도에서 면벽하고 장시간 가만히 서 있을 때
나는 화장실에 들어가 공연히 물 내리고

나도 그대처럼
아무것도 기억나지 않는다면
아무것도 생각하지 않고 살 수 있다면
소리 내어 울며 물 내리는 일도 없으리

백색의 공포

백색이다
저 의사도 간호사도 옷은 늘 백색이다
매일 먹는 알약과 흰 밥알
내 방 벽도 화장실 벽도 백색이다
그림 그리는 화요일에
한 장씩 그리는 그림
시 쓰는 금요일에
한 편씩 쓰는 시
각각 다른 사람에게
거의 매일 한 통씩 쓰는 편지
편지지도 봉투도 몽땅 백색이다

창백한 이웃의 얼굴
눈만 뜨면 보게 되는 벗, 혹은 원수들의 얼굴
이곳에 사는 모든 사람의 얼굴은 백색이지
이곳으로 출퇴근하는 사람의 얼굴은
불그레하거나 누렇거나 거무튀튀하다

주여

백색을 거두어주소서

백색이라도 포도주색 사이에 백색을

초록색 사이에 백색을

검은색 사이에 백색을

눈만 뜨면 보게 되는 백색

백색으로만 되어 있는 세상이

겁에 질리게 하나이다…… 주여

시인을 만나기 위하여

도저히 어떻게 할 수가 없어
미쳐버린 사람들이 있습니다

고인 혼들이 썩어가는 늪지 같은 요양원에
가보신 적이 있습니까?
춤을 대신한 구타
노래를 대신한 고함
어머니를 대신한 알약의 세상
그런 세상에서 이끼처럼 음습하게
살아가는 사람들이 있습니다

춤과 노래와 어머니는커녕
빛도 소금도 바람도 없는 곳에서
읽히는 시가 있다면
한밤중에라도 큰소리로 읽어 드리리다
E-mail로 지금 바로 전송해 드리리다

흡사 위문편지처럼 그들에게 읽힐
시를 쓰는 시인을 찾아서
천 리 길 마다않고 저는
이 순간부터 걸어가야 하는 것입니다
가는 도중에 병이 날지언정
꽁꽁 얼어붙은 혼들을 하나씩 지필
불씨 같은 시인을 만나기 위하여

그대 왜 아직도 미치지 않고 있느냐

'햇빛이 줄줄 얼굴 타고 흘러내린다'
'구름이 낑낑 꼬리를 감춘다'고 표현한다
그대는 40대 초반의 가장
최근에 직장을 그만두었다

알 수 없는 두려움에 심장이 엔진처럼 뛰고
알 수 없는 부끄러움에 얼굴이 화로처럼 달아오른다
붕붕 떠다니고 있다는 느낌 때로는
밑으로 한없이 가라앉고 있다는 느낌

동료를 잃고 이웃을 잃고 가족을 잃고
친지와 멀어지고 친구와 헤어지고
자가용과 내 집이 없다는 것에
월급과 은행저축이 없다는 것에
익숙해져야 한다 실업자에서 노숙자로

이것이 현실인 것을

해외여행 한 번 해보지 못한……

이것이 진실인 것을

복권 사 만 원도 당첨돼보지 못한……

그대 아직 미치지 않았지만

때때로 헛소리 때때로 식은땀

그대 아직 독방에 갈 정도는 아니지만

표정이 없다 두 눈의 초점을 잃었다

CCTV 아래에서의 생

네 일과가 낱낱이 감시받고 있어
기상 시간부터 취침 시간까지
요람에서 무덤까지?

옷 입을 때 옷 벗을 때
하품할 때 재채기할 때
밥 먹을 때 배설할 때
너를 보는 눈, 눈들이 있어
조심하는 게 좋을 거야

모든 것이 기록되고 있어
데이터베이스화 되어 그들에게 전송되지
네 약점을 아는 그들이
치부를 들여다본 그들이
회심의 미소를 짓고 있는데

그런 적이 없다고? 기억나지 않는다고?

너는 이미 네가 아냐
이 병원에서 나가고 싶으면
우리가 하는 말을 고분고분 따르는 게 좋을 거야
우린 네가 무슨 짓을 하는지 무슨 생각을 하는지
다 안단 말이야

관계

미친 소가 거품을 물고 쓰러지는 시간

—약 먹을 시간입니다

엄마 배 속에서 바깥으로 나오지 않으려고 몸부림치는
아기들이 얼마나 많을까
지금 이 순간
자살을 기도하고 있는 사람들이 얼마나 많을까
지금 이 순간
발작을 시작한 사람들이 얼마나 많을까

누군가는 말하리라
"죽고 싶진 않아."
"죽어도 행복해지진 않아."

너와 나와의 관계가
하루를 길게 할 수도 있고 짧게 할 수도 있으리

너와 나와의 관계가
비밀에 부쳐지길 바라지만 몽땅 폭로되고
개선되기를 바라지만 엄청 악화된다

—약 먹을 시간입니다
엿 먹을!
창문 곁에 서서 하늘을 보고 싶다
무한 천공을 나는 새들을 보면
공중 부양하는 기분이 들 텐데
여기는 벽 안
나는 격리되어 있고 언제나
진찰 결과를 기다리고 있지

광녀에게

울고 싶을 때 웃어야 했고
웃고 싶을 때 울어야 했던 그대
조금씩 조금씩 미쳐온 그대여
이제는 완전히 미쳐
울고 싶을 때 마음껏 울고
웃고 싶을 때 마음껏 웃는구나

마침내 자유인이 되어
키득키득 웃고 있는 그대 보며 나는
어금니 깨물고서 울음 참는다
마음속에 갇혀 있는 그대 떠올리며 나는
한밤을 태우며 울음 참는다
길고 긴 30년의 밤을

마음 가는 길

머리카락 다 빠진 어린 자식을 앞에 두고
생일 축하의 노래를 불러야 하는 엄마의 마음
갈가리 찢어져 흔적 없어도
함빡 웃어야 하리

정신병 앓는 누이동생의 손을 꼭 잡고
자주 면회 올 거라고 거짓말하는 오빠의 마음
그 마음은 철문 닫히는 순간
천길 낭떠러지 위에 서리

이런 마음은 길을 못 만들지
내 시는 그 마음 가는 길을 모르지
울고 싶어도 이빨 지그시 깨물고 응시해야 하는
그 마음을

폐쇄병동의 누이

—뭐 먹고 싶은 게 없니?

—햄버거

—햄버거?

—17년 동안 한 번도 못 먹어봤어

너의 하얀 귀밑머리가 애처롭다

내 기억 속의 누이는 찰랑이는 갈래머리

언제나 중학교 교복을 입고 있다

가방과 신발가방 들고 학교에 간다

—뭐 먹고 싶은 게 없니?

—라면하고 김밥

—라면하고 김밥?

—20년 동안 한 번도 못 먹어봤어

교문이 있고 창문이 있는 학교

친구들이 있고 선생님이 계신 학교

지금 너는 환자복을 입고 철창 안에서
더듬더듬 벽을 더듬으며 벅벅 배를 긁으며

그 눈빛

절뚝거리며 가다 뒤돌아보던 유기견의 눈빛을 기억한다
면회 시간 다 지나
철창문 향해 걸어가다 휙 뒤돌아보던 누이동생의
뚜껑 없는 얼굴

새벽녘
요의 때문에 일어난 내 뇌리를 들쑤신다

눈뜨고 돌아가신 아버지의 눈을 감겨드렸다
허공 한 점에 멍하니 고정되어 있던
생의 마지막 눈빛을 지워버렸다
의식의 끈 끊어지는 그 순간에
무엇을 보고 계셨을까
병원 천장? 먼 병원에 있는 자식? 먼저 간 아내?
의식 잃은 뒤부터는
간간이 코고는 소리, 발작적으로 내뱉는 신음소리
두 가지 소리밖에 내지 못했지

나는 마지막 순간에 누구와 얘기 나누고 싶어질까?
내 임종을 지킬 이는 누구일까?
아버지
숨 거두는 그 순간에 아무도 곁에 없었다

한 배 새끼들 분양할 때
새끼들 멀뚱멀뚱 표정 없었지만
어미의 애간장타는 눈빛을 기억한다
생사고락 같이해도 헤어지지 않는 만남은 없다

철창문 향해 걸어가다 휙 뒤돌아보던 누이동생의
마른 우물 같은 동공을 기억한다

광(狂)

누이야

나 설사 미치더라도

귀 자르고 귀 없는 자화상을 그릴 수는 없다

환청과 우울증에 시달리면서도

펜을 계속 쥐고 있을 수는 없다

나는 초인이 아니라 인간이고

천재가 아니라 범인이니

……고흐는 일단 퇴원했지만 정신착란이 더 심해졌다 음식에 독이 들었다고 생각해 식음을 전폐하고 물감과 등유를 먹으려다 들키고 결국 주민들에 의해 다시 정신병원으로 이송……

서서히 미쳐가는 저 해

네가 미치지 않았다면

왜 매일 아침 동쪽에서 나타난단 말인가

해를 보고 열렬히 고개 드는 해바라기들이여

너희들이 미치지 않았다면
왜 하고한 날
해만 바라보고 살아간단 말인가

살아야 한다는 한 가지 본능만으로
몰려드는 까마귀 떼
내 두 눈을 쪼아 먹으려 몰려든다
살고 싶어서 미쳐버린 누이야
죽을 수 없어 미치고 만 고흐여
오늘도 정오가 가까워오자
하늘 한복판에서 해가 미쳐 날뛰고 있다

인간 세상을 보더니
해는 도저히 참을 수 없어 제 몸에 등유를 끼얹었다
아 아를이여 토사물 색깔의 밀밭이여
못 잊을 김천시 성내동 210번지 지하실이여
분노하는 해를 보며

고흐는 귀를 잘랐던 것

지하실을 탈출하고자 누이는 미쳐버렸던 것

저, 비

비 내리는 날 이곳 병실은
일반 병실과는 아주 달라
철창 바깥에서 길길이 날뛰는 빗줄기를
덤덤히 보는 환자는 아무도 없지
눈물 없이 통곡하며 바라보는
바깥세상에도 내리는 저 빗줄기
내 가슴에 지금 콸콸 흐르고 있네
나를 기억하는 사람들 어디에선가
우산 쓰고 종종걸음을 치거나
라디오를 들으며
운전하고 있겠지만
나는 저, 비
미쳐서 울부짖는 비의 곡소리를
아무 말 없이
어금니를 꽉 깨물며
홀로 감당해야 하네

흉터

오빠, 오늘 나가서 머리 하고 싶어 3년 만에 스스로 말을 하는 누이동생 응, 아니 두 마디 외에 오늘은 말을 하는구나 귀밑머리 희끗희끗해진 네가

나와 누이 사이에 미용사가 있다 가위가 있다 어떻게 해드릴까요? 그냥 적당히, 이 모양대로요 저렇게 제 의사를 표현도 하는구나

내 이름은 보호자 정해진 시간까지는 들여보내야 한다 정해진 시간에는 이별해야 한다 정해지지 않은 어느 때에 사별하리

초등학교 2학년 때였던가? 반 아이들 사이에 이가 퍼졌다 어머니가 참빗으로 머리를 빗기면 누이 머리에서 이가 떨어졌다 신문지 위에

손톱으로 얼른 누르면 피가 팍! 이는 온몸을 터뜨렸다 누

이는 두 해를 온몸으로 울음 터뜨렸다 기나긴 침묵, 울음만
이 유일한 의사 표현이었지

너와 내가 오누이가 되기까지 몇 만 이승의 시간이 필요
했던 것일까 지금 이렇게 미용실에 같이 있지만 몇 만 저승
의 시간을 함께할 수 있을까

고분에서 발견된 선사시대의 미라처럼 한 생의 마지막
기록인 하얀 머리카락처럼 죽어도 사라지지 않는 것이 있
구나 죽어도 사라질 수 없는 어떤 마음의 흉터가

마지막 시

이젠 부숴라 저 철창을
무너뜨려라 저 백색의 벽을
발을 뻗어 주먹을 내밀어

사람이 사육되는 이곳
우리 안에서
세끼 밥 얻어먹으며 너와 나는
서서히 짐승이 되어갔지
아파하는 시간을 죽이며
너의 병은 깊어갔고
슬퍼하던 가족을 체념케 하며
자기 자신을 잃어버렸는데
내 어떻게 더 이상
이 백색 병동에서 시 쓸 수 있으리

부숴라 누이여 뛰쳐나가야지
철창의 집

백색 벽의 집
피 바르며 살아가던 어린 넋의 집을

종말의 밤이 오면
조용하고 어두운 그 복도에서
그렇게 말없이 서 있거라
사시사철 꿈꾸었던 집 바깥 세상
별이 쓸리는 한길로
경마장의 말들처럼
나 미친 듯이 달려나갈 터이니

"불이야—! 불이야—!"
검은 연기 속에서 너는 기침하며 쓰러지고
저 벽, 철창, 이중창, 방범창……
불길 속에서 네 환자복에 불이 붙고……

인간에 대한 기억

우리 모두 유언을 하자
토끼는 죽을 때 유언을 안 하지
장미나무는 죽을 때 유언을 안 하지
죽음의 순간이 다가오고 있음을 감지했으니
한마디 말이라도 남기고 죽자구

성자가 외쳤다
"모든 것이 덧없다. 쉼 없이 정진하라."
"아버지, 제 영혼을 아버지 손에 맡깁니다."
문호가 외쳤다
"조금 더 빛을!"
철학자가 외쳤다
"이제 되었다!"
독재자가 외쳤다
"브루투스 너마저도!"
"나는 괜찮아……"

병원 중환자실에 달려갔다가
막 임종하는 옆 침상의 환자를 보았다
유언 한마디 없이 죽어가는 환자의
단말마의 비명이 헐떡이는 숨소리로
그 숨소리마저 잦아들고……
그 모든 소리를 듣고 있는 같은 병실 환자들 얼굴이
분리 쓰레기함 속의 깡통 같다
입 뚫린 채 찌그러져 있는

인간이기에
위인도 독재자도 아니기에
늘 도중하차인 장삼이사(張三李四)들의 생애
울음 터뜨리며 이 세상에 나왔다가
말 한마디 없이
침묵 속에서, 침묵 속으로
인간에 대한 기억 속으로

* 따옴표 속의 것은 위에서부터 부처, 예수, 괴테, 칸트, 카이사르, 박정희가 생애 마지막으로 한 말.

빛의 혼

햇살이 가루 가루 떨어져 내리는 날 너는
왜 책상 밑에 들어가 웅크리고 있니
……빛이 무서워요 오빠

햇살 가루가, 바람의 살결이 무섭다고
너는 바들바들 떨고 있니
오늘따라 혼 없는 빛이 너무 눈부셔서?
어제부터 넋 나간 바람이 너무 차가워서?

아파할 줄 모르는 여린 혼아
너를 받아줄 집 한 채
이 세상 어디 가면 있을까

귀 없는 자화상들

유희석 전남대 교수, 문학평론가

1.

다분히 미셸 푸코적 제목인 '감시와 처벌의 나날'은 이승하 자신의 이전 시집, 특히 세계사 시인선 30번으로 나온 『폭력과 광기의 나날』(1993)을 계속해서 떠올리게 한다. 시집 끄트머리에는 정과리의 해설 「주검과의 키스」가 달려 있다. 같은 제목인 시 작품은 베트남 전장에서 늪에 쓰러진 전우에게 인공호흡을 해주고 있는 군인을 찍은 사진에서부터 시작한다. 그러니까 20년이 넘는 시간을 사이에 두고 변주라고 말해야 할—아니, 내용 면에서는 더 지독하게 같기도 하고 다르기도 한—시집이 또 한 권 나온 셈이다. 『감시와 처벌의 나날』을 읽는 과정에서 일단 그 점을 먼저 하나의 사실로써 어떻게 생각해야 할까 묻게 된다.

그런 물음에 대한 답을 간단하게 하기는 힘들다. 무엇보다 『폭력과 광기의 나날』에서 인간을 인간일 수 없게 하는 모든—가히 전 지구적으로 드러나는— 폭력적 조건과 상황들을 탐사했던, 그토록 청순하게 보였던 이승하는 이제 중견이랄 만한 시력(詩歷)의 시인이 되었고, 한국 현대시와 재외 한인문학 분야에서 상당한 양의 비평을 축적한 연구자이기도 하다. 우리 문단에 시 창작과 연구를 겸하는 창작자가 드물지는 않지만 두 상이한 분야에서 하나의 일관된 주제를 잡아 정진하는 이는 결코 흔치 않다. 따라서 앞서 두 시집만을 두고 던진 필자의 물음은 이승하의 어떤 한 면만 부각시킬 위험이 크다. 필자는 그가 병행한 시 창작과 연구를 제대로 평가할 수 없는 처지라서, 평(評)이라기보다는 시인 이승하의 30년 시력에서 그나마 극히 일부를 차지하는『감시와 처벌의 나날』을 읽은 감상을 건조한 어조로 몇 마디 적고자 한다. 이 시집에 관한 한, 나 자신이 먼저 건조해지지 않으면 쓸 수 없는 사정이 있기도 하다.

2

『폭력과 광기의 나날』에 이어『감시와 처벌의 나날』을 연속해서 읽으면 시인의 '일관(一貫)의 시학'을 여러 맥락에서 확인하게 된다. 시인은 자서에서 오늘도 벽 안에서 살아가는 사람들에게 이 시집을 바친다고 썼다. 이번 시집은 10년 가까이 "교화사업 강사로 교도소와 구치소, 소년원을 들락거"린 끝에 나온 결과물이다. 20년 전의 시집이 그러했던 것처럼 삶과 생활로서의 시, 즉 발로 뛰어서 쓴 시인 것이다. 하지만 가시적으로 드러나는 그런 공적 봉사활동 이전에 시인을 '벽 안'으로 이끈 지극히 사적인 사연도 있는 것 같다.『폭력과 광기의 나날』에서의 정신병동은 신(神)이 '깜빡한' 세계로 그려져 있었고, 시인은 그런 세계와 어쩔 도리가 없이 얽혀 있는 것이었다. 그 시집에는 그런 병동의 실태를 다룬 시가 15수에 달하는 바(「정신병동 시화전」 연작시), 독자는 그 병동의 세계에서 시인의 누이를 만나게 된다. 이번 시집에서는 폐쇄된 정신병동에서 어느덧 청춘을 다 보내고 초로(初老)에 도달한 누이의 초상이 나와 보는 이를 눈물겹게 한다.

유치한 감상일지 모르나, 시라는 것은 예술이기 이전에 삶의 생채기인 것 같다는 생각을 이번 시집을 읽으면서 했다. 이승하의 시에는 그런 생채기가 너무나 적나라하게 까발려져서, 때때로 생채기와 시가 구별되지 않을 지경이다. 가령 시인의 누이가 왜 그곳에서 "때 되어 밥 주면 밥을 먹고/ 때 되어 약 주면 약을 먹고/ 한없이 선량해"졌는지, "못 잊을 김천시 성내동 210번지 지하실"(「광(狂)」)에서는 무슨 일이 일어났을지 추측을 못할 것도 없다. 가정폭력의 양상은 천차만별이겠지만 그 상처만은 모두 한결같을 것이기 때문에. 하지만 그 누구도 안다고 단언할 수 없는 시인의 내면과 사적인 삶에 대한 추측은 삼가도록 하자. 그보다는 누이에 대한 시인의 애끓는 단심이 뻗어나가는 양상을 주목해 보자.

그 양상은 통상, 시대적 차원과 개인적 차원으로 나누어 이해할 수 있다. 전자는 대체로 공권력이라는 이름을 빙자한 권력의 유형 · 무형의 폭력이다. 후자는 정신병동에서 표출되는 개인의 내밀한 정신적 내상(內傷)의 문제다. 물론 이 두 가지 차원의 문제는 동전의 양면과도 같은 것이다. 시집 1부에 집중적으로 나오는 수감자들, 특히 무기수와 사형수에 관한 시들은 한 사회의 모순이 어떻게 교도소 수인의 모습으로 발현되는가를 다각도로, 가감 없이 드러낸다. 단적으로 「입원과 퇴원」 「환자 차트」도 기록과 같은 시지만—물론 "잡기장에서 발견"된 메모로 인해 「입원과 퇴원」도 기록 이상의 기록이 되지만— 독립지사 강우규를 그린 「벽 앞에서」 같은 시도 그렇다. 지사(志士)적 지향이 드러날 법도 한데, 시인은 그런 지향 대신 "벽마다 새겨진 낙서가/ 수십 년의 신음을 감춘" 흔적을 더듬고 있다.

난 모른다고 단말마의 비명을 지르더니
정적이 흐른다
죄 많은 자의 무덤에
꽃이 다투어 피어나리
죄 없는 자의 무덤에
함박눈이 내려 감싸안으리

구름이 흘러가다 굽어보는, 곳
벽마다 새겨진 낙서가
수십 년의 신음을 감춘다
벽과 벽 사이에 갇혀 사람은 짐승이 된다

—「벽 앞에서」 3, 4연

그렇다고 시인이 '고통'에 대해 어떤 객관주의적 자세를 견지한다는 말은 아니다. 오히려 독자를 불편하게 만들 정도로 '벽'의 실체와 그 안에 갇힌 사람들의 내상의 양상을 집요하게 파헤치고 있다. 그리고 그렇게 파헤치는 감수성의 윤리적 열도(熱度)에 관한 한, 시인 이승하는 한국 시단에서 분명히 이채로운 존재다.

그 같은 열도가 집중된 『감시와 처벌의 나날』이지만 전체적으로 '감성'(感性)이 표나게 발동하는 시는 드물다. 감성을 철저히 제어한다고 할까, 감성이 표출되는 경우라 하더라도 '사실'의 시화(詩化)와 성찰의

과정이 따른다. 가령 대한민국에서 마지막으로 사형이 집행된 날을 제목으로 삼은 「1997년 12월 30일」의 끝 문장, "사형을 선고한다/ 오래오래 인간의 목숨을 빼앗고 싶어/ 완전범죄에 골몰하는 우리 밖의 우리"가 단적으로 말해주고 있듯이. 그런 의미에서 이 시집을 읽으면 우리 시단의 이시영이나 하종오 같은 시인들을 떠올리게 된다. 나의 내면세계를 묘사하기보다는 객관적 정황 묘사에 치중하는 시 창작 방법론을 공유하고 있는 것이다. 언표된 내용과 시적 경향으로만 본다면 자전적 사연들이 행간에 숨어 있는 이승하도 '사실주의 계열'의 시인에 속한다고 말할 수 있다.

하지만 그런 계열에 넣고 시를 사실적으로만 읽고 싶지는 않다. 정신적 내상이 더 넓은 사회적 현실과 만나—때로는 그 반대로 사회적 현실이 정신적 내상과 만나— 발화하는 지점들을 응시하고 찾아내는 것은 이승하 시인의 시를 읽어내는 일의 중요한 일부라고 생각하기 때문이다.

꾀죄죄한 행색, 알아들을 수 없는 말로 횡설수설
이국에서 온 여인의 한 말이
자국인에게 전해지지 않는 것이 죄가 될 수 있는 세상
구릉이 많은 나라에서 온 찬드라 구룽

당신은 미친 거야, 정신병원에 있어야 해
미치지 않은 사람도 미칠 노릇인
6년 4개월의 세월, 강제투약을 당하며
미치광이 취급을 받았다

그녀의 고향은 가장 높은 산 에베레스트가 있는

가장 높은 하늘을 지닌 나라 네팔

사지 멀쩡한데, 하늘 우러러보며 살았을 뿐인데

존재가 존재를 감시한다

—「감금과 감시」 2~4연

이주노동자가 정신병원에 갇히게 되는 사연을 그린 시다. 한번쯤 신문에 단신으로 실렸을 법한 사연인데, 시인은 사회적 고발 대신 "우리가 잡아 가둔 2310일/ 무시하고 무시당한 무시무시한 세월"로 정리한다. 말도 통하지 않는 이국인들 사이에 둘러싸여 정신병자 취급을 받은 한 여인의 고통에 찬 6년 4개월, 그 감금의 '세월'에 그는 시선을 집중한다. 그런 점에서 그의 시는 사회고발시나 민중시로 자리매김하기가 어렵다. 그 대신 그는 다수의 인간이 겪고 있는 고통의 본질, 혹은 절망의 근원에 집중한다. 소통이 되지 않는 두 세계가 있는데, 그 사이를 벽이 가로막고 있는 것이다. 감시의 세계에는 정신병자들이 갇혀 있고 처벌의 세계에는 범죄인들이 갇혀 있는데, 그 세계 속 사람들의 말에 바깥세상의 사람들은 귀를 기울이지 않는다. 아우성도 외침도 중얼거림도 들리지 않는다. 찬드라 구룽이라는 네팔 여인은 죄인도 아니었는데 정신병자로서 정신병원에 수감되어 있었으므로 이중의 형벌을 받은 것이었고, 아마도 그래서 그는 이 시의 제목을 '감금과 감시'로 한 것이 아닐까, 생각해보게 된다.

3

이처럼 이승하는 우리가 온갖 종류의 매체를 통해 거의 매일처럼 접

하는 대한민국의 끔찍한 사건과 사고의 내면풍경을 정신병동과 감옥의 일상을 통해 고스란히 드러낸다. 필자는 그 같은 풍경을 응시하면서도 마지막에는 어쩔 수 없이 시인의 슬픈 개인사가 묻어 있는 시들을 보듬게 된다. 「누이의 초상 1」의 서두를 보자.

사람보다 아름다운 꽃은 없나니
화병에서 나흘만 지나면 시드는 꽃들
아무리 진한 향기라도
때가 되면 다 사라지지만
누이의 눈물이 피워내는 꽃잎
누이의 미소가 살려내는 향기
세월이 흐르면 흐를수록
그 꽃잎 더 눈부시게 피어나고
그 향기 더 짙어만 가네

이런 사모곡(思慕哭) 바로 밑에 사진이 한 장 놓여 있다. (『폭력과 광기의 나날』에도 도표와 사진, 신문기사, 그림 등이 시의 일부로서 다채롭게 동원된 바 있고, 때때로 그런 사진 자체가 한 편의 시이기도 했다.) 화사한 봄날로 짐작되는 어느 하루, 초등학생으로 짐작되는 시인의 누이인 갈래 머리 선영의 웃는 옆모습이 찍혀 있고, 그런 누이를 향해 엄마가 뭐라 말씀하시는—"선영아 장난치지 마"— 순간을 포착한 사진이다. 그 '누이'의 이름을 먼저 간 내 큰아이의 이름으로 고쳐 읽는 나 자신도 발견하게 되지만, 물론 그건 감상(感傷)에 불과하다. 시인 자신이 상실의 아픔을 객관화하려는 듯 짐짓 「제망매가(祭亡妹歌)」의 일부 구절을 시에 적어 넣지 않았던가. 시인의 누이가 "세상의 모든 누이"로 확대되면서 시가 끝

나는데, 그래서 나 같은 냉정한 독자의 마음도 꿈틀, 움직인다.

> 주름살 뒤덮이고 흰머리 늘어나는
>
> 세상의 모든 누이는 애처롭다
>
> 허나, 세상의 모든 오라비에게
>
> 누이처럼 아름다운 연인은 없다.
>
> ―「누이의 초상 1」 마지막 연

시집 전체를 통틀어 필자에게 가장 큰 울림으로 다가온 작품은 누이 시편들이었다. 시인 스스로 고백하듯이 천재가 아니라 범인이기에 "귀 자르고 귀 없는 자화상을 그릴 수는 없다"고 했지만 나에게는 누이 시편들이 고흐의 "귀 없는 자화상"처럼 보였다.

> 인간 세상을 보더니
>
> 해는 도저히 참을 수 없어 제 몸에 등유를 끼얹었다
>
> 아 아를이여 토사물 색깔의 밀밭이여
>
> 못 잊을 김천시 성내동 210번지 지하실이여
>
> 분노하는 해를 보며
>
> 고흐는 귀를 잘랐던 것
>
> 지하실을 탈출하고자 누이는 미쳐버렸던 것
>
> ―「광狂」 마지막 연

「누이의 초상 2」에서도 부재한 "자랑스러운" 누이의 존재를 확인하고픈 시인의 마음이 곡진하게 전달된다. 이는, 자랑할 만한 어떤 현실적인 충족감의 토로와는 거리가 먼 오라비의 마음이다. 오라비를 오라

비 되게 하는 존재인 누이가 정신병동에 갇히고 만 결핍과 부재를 그린 시편들이다. 이런 시편들은 차라리 진혼으로서의 '연가'다.

> 내 사랑, 내 자랑아 떠올려보렴
> 교복 입고 집 나서던 내 모습을
> "오빠 잘 갔다 와."
> 며칠 헤어진다고
> 수학여행 길 떠나는 나를 보며 눈물 글썽이던
> 너의 혼은 지금 어딜 떠돌고 있는 것이냐
>
> 내 사랑 내 자랑아 돌아가보렴
> 어린 시절 우리는 만화가였다
> 재미있는 것뿐인 세상
> 구름을 보고 있으면 구름처럼 변하는 세상
> 달을 보고 있으면 달을 따라 흘러가는 세상
> 세상은 그때,
> 눈물 속에서도 아름다웠다
>
> —「누이의 초상 2」 3, 4연

누이에 대한 기억을 통해 동심을 돌아보는 이 애틋한 시는 자연스럽게 「마음 가는 길」 같은 작품으로 이어진다. 삶의 고통을 시적 소재로 만드는 일에서 자기비판적 성찰이 없다면 "눈물 속에서도 아름다"운 세상을 온전히 그려 보이기는 어려울 것이다. 자유로운 세상에 누이를 데려다 놓지 못하는 오라비가 자주 면회를 오겠다고 거짓말할 수밖에 없는 심정이 처절하다. 철문 너머 유폐의 공간에서처럼 그 순간 시인도 모든 길이 사라져버리는 듯한 상실감에 빠진다.

> 정신병 앓는 누이동생의 손을 꼭 잡고
> 자주 면회 올 거라고 거짓말하는 오빠의 마음
> 그 마음은 철문 닫히는 순간
> 천길 낭떠러지 위에 서리
>
> 이런 마음은 길을 못 만들지
> 내 시는 그 마음 가는 길을 모르지
> 울고 싶어도 이빨 지그시 깨물고 응시해야 하는
> 그 마음을
>
> ─「마음 가는 길」 2, 3연

그러나 "내 시는 그 마음 가는 길을 모르지"라고 고백하는 시인의 아슬아슬한 진정성이야말로 역설적으로 시로 향하는 위태로운 길을 뚫는 힘일 테다. 그 길은 시인이 자기의 개인사적 상흔(傷痕)을 정직하게 응시할 때 발생하는 하나의 시적 가능성이라고 규정해도 좋을 것이다.

「마음 가는 길」은 시인의 특정한 개인사가 시적으로 발현되는 하나의 방식이다. 앞서 공권력이라는 이름을 빙자한 권력의 문제를 언급했지만 「내가 세운 아우슈비츠」가 증언하듯이 '나'도 예외가 될 수 없는 그런 권력이 거시적으로, 혹은 미시적으로 자행한 폭력에 대한 치열한 고발이야말로 이 시집을 관통하는 시정신일 것이다. 그러나 더 중요한 것은, 그런 고발도 인간의 부서지기 쉬운 마음에 대한 시인의 애절한 공감에서 나온다는 사실이 아닐까.

『폭력과 광기의 나날』과『감시와 처벌의 나날』을 비교하면서 이 두 시집 사이에 걸쳐 있는 세월만큼이나 시인의 그러한 공감은 더 커지고 깊어졌다는 생각을 했다. 시인의 고통이 커질수록 시어는 더욱 분명하고 강렬해진다. 아무쪼록 이승하 시인은 등단작「화가 뭉크와 함께」가 그랬듯이, 앞으로도 인간 영혼의 공포와 전율을, 그로 말미암은 상처와 흉터를 꿰뚫어보는 노력을 계속해주기 바란다.

30년 동안 신경정신과병원에 면회를 다녔습니다.

허전 시인과 서경숙 박사가 안내해주어 교화사업 강사로 교도소와 구치소, 소년원을 들락거린 지도 10년이 다 되어갑니다. 두 분께 고개 숙여 감사드립니다.

흰 벽, 높다란 벽, 쇠창살이 박혀 있는 창문을 보고 와서 시를 썼습니다.

오늘도 벽 안에서 살아가는 사람들에게 이 시집을 바칩니다.

2016년 늦봄

이승하